I0530584

Francesca Giannetti

LA MACCHIA

Youcanprint *Self-Publishing*

Titolo | La macchia
Autore | Francesca Giannetti

ISBN | 978-88-91196-26-2

Youcanprint Self-Publishing
Via Roma, 73 – 73039 Tricase (LE) – Italy
www.youcanprint.it
info@youcanprint.it
Facebook: facebook.com/youcanprint.it
Twitter: twitter.com/youcanprintit

a "C"...
"C" come casa
"C" come cuore
con tutto il mio amore...

LA MACCHIA

La macchia schizzò.

Succedeva sempre.

Sempre.

Ogni volta che abbassava la guardia, capitava.

Il ricordo, non sopportando d'essere l'unico a soffrire, tormentava il cuore.

Lo teneva d'occhio intento ad infilzarlo ad una sua minima disattenzione.

Adesso.

Adesso era l'occasione che stava aspettando da giorni.

Dal di lei ritorno a casa.

Colpì.

Feroce.

Il liquido organico, sprigionato dalla ferita, fuoriuscì veloce fino a sporcare la maglietta all'altezza del cuore infilzato.

Incuriosita da quella sbrodolatura strana, la ragazza, affondò in essa prima il naso e poi tutto il viso "Non è una macchia normale" pensò, mentre lo faceva.

Quello che seguì ebbe dell'incredibile.

Presto si accorse di quanto il suo sentore fosse corretto. Appena quel sangue venne a contatto con il suo volto la inglobò. Trasportandola. Dove??? Nemmeno lei lo sapeva. Per un attimo eterno tutto intorno sparì.

Il fondente mare blu cobalto, seppur baciato appassionatamente dal sole, tradiva un aspetto sinistro. Al di la dell'apparenza di quel paesaggio dalle perfette sfumature, si celava tra quelle increspature d'acqua, una sorta di sofferenza. Ad un osservatore distratto o superficiale tutto questo sarebbe di certo sfuggito ma lei che ci ritrovava qualcosa di se stessa in quel mare, percepì subito quella spinosa sottigliezza.

Era arrivata da poche ore.

Lontana, molto lontana da casa sua smaniando aveva pazientemente desistito a contare i mesi che la dividevano, feroci, da quella riconciliazione.

Ma, dentro di lei, quel tempo le era sembrato comunque infinito.

Si lasciò consumare osservando quei mesi dispettosi, apparentemente immobili divenire un mese solo, le settimane in una settimana fino a contarne una sola.

Stremata, la partenza era prossima. Solo allora la linfa vitale tornò a rianimarla e, quando vide arrivare il "suo" treno su quel binario il cuore le sferrò una martellata in petto come a dirle "sono vivo! Sono qui! Non me ne sono andato!" e si sentì emozionare proprio come accade ad una giovane donna, incinta, nel sentire, inaspettato, il primo calcio nella pancia di quel figlio che aspetta fremente di conoscere, di stringere. Il miracolo che si compie.

Il viaggio , quello di andata, seppur razionalmente lungo, la risucchiò.

Non ricordava nulla della salita in treno, di chi le avesse dato una mano a caricare i bagagli, se qualcuno l'avesse aiutata o se si fosse arrangiata, non sapeva come ci era arrivata su quel comodo sedile posto finestrino di quella prima classe. Non avrebbe saputo dire se nelle valigie avesse portato tutto l'occorrente. Non sapeva niente. Solo dove stava andando. Quello sì. Neanche se avesse battuto forte la testa quello no che non avrebbe potuto mai dimenticare.

Se qualcuno le avesse chiesto di descriversi l'avrebbe messa in difficoltà.

Non si sentiva molto lucida. L'emozione di quei momenti l'annientavano. Ma una cosa sì, l'avrebbe detta. Avrebbe risposto che se fosse stata un oggetto sarebbe stata un diamante e non per il valore che attribuiva a sé stessa, inestimabile, ma perché, come esso si sentiva tutta intagliata in tante innumerevoli sfaccettature.

Tutti i sentimenti, in quelle ore di tragitto, erano venute a trovarla.

Dalla paura all'incoscienza, all'aggressività, alla rassegnazione, la voglia di fuggire e abbandonare tutto, la gioia inarrestabile di ritornare lì.

Unico posto dove era stata, un tempo, davvero felice.

Tutti.

Ma tutti erano niente.

Sentì l'arrestarsi del treno.

Il sangue impazzito d'emozione le gorgogliava nelle vene, impazzito come un cavallone che travolge il bagnasciuga si sentì rimestare.

No. Non era un sogno.

Il suo ritorno era avvenuto.

Ma la felicità che l'aveva colmata nel leggere il nome di quella località che per lei corrispondeva al mondo dei suoi sogni, preso sparì inghiottita dalla voragine della nostalgia.

L'aveva temuta da subito.

Dall'inizio.

Ancora da prima di comprare quel biglietto.

Da appena l'idea di ritornare lì le aveva follemente accarezzato i pensieri fino ad indurla a cedere a quel viscerale desiderio. Aveva sempre fatto finta di non sentirla ma, adesso, questa le presentava il conto. E lo stava facendo nella maniera più perfida…adesso che, scesa da quel treno, lui non c'era.

Lui no.

Ma tutti gli altri innamorati sì.

Volteggiando su sé stessa non faceva altro che incappare in scene d'amore.

Adesso lei, lei…non aveva altre scuse. Si era verificato quello che aveva sempre temuto dall'inizio. Altre favole non ce n'erano da raccontarsi. Aveva immaginato innumerevoli volte quel senso di vuoto. Era amaro. Ma ora che lo sperimentava era acido corrosivo che la distruggeva.

Che male!

Che male che si sentì.

Tutto le vorticava intorno.

Treni arrivavano, treni partivano, confusione, annunci di ritardo, annunci di nuovi arrivi, annunci di partenze. Scene di persone che si riabbracciavano folli di gioia di riconciliazione.

E gl'innamorati che continuavano ad ingoiarsi di baci ignari di tutto.

Proprio lì, davanti ai suoi occhi scuri.

"perché? Perché io no???" si martellava nel cervello questa infausta domanda.

Se fosse rimasta anche solo un secondo in più in quel luogo, dove la mancanza di lui era più presente di ogni altra cosa, significava la morte.

Prese il suo bagaglio.

Pesante.

Ma nulla poteva esserlo più del suo cuore e, s'incamminò fuori da quella stazione che un tempo amò troppo. Appena fuori il caldo sole del sud la inondò. Un piacevole sensazione la colmò. Si guardò intorno constatando quante cose fossero cambiate in tutti quei suoi anni di assenza ad iniziare dall'enorme area taxi che si era insediata proprio nel primo piazzale che ci si ritrovava all'uscita. Quello che vide durante il tragitto che andava dalla stazione alla scogliera rimase intrappolato nelle viscere della sua mente. Il suo cervello non registrò nulla troppo preso com'era a difendersi dai colpi che tutti i ricordi gl'infliggevano e poi dalla sparizione di lui, dal suo diniego. Erano inchiodate li le sue di lei meningi assorbite ed ossessionate da quell'unica domanda...

Scesa dalla macchina in un momento di raro presente realizzò di essere lì da sola. Davanti a quella scogliera che così tanto sapeva di lei, di loro...

"l'autista di certo lo avrò congedato poco fa" ipotizzò.

Ma nulla le interessava veramente.

Nulla di quello che accadeva fuori.

A coinvolgerla era solo quello che le tumultuava dentro. Voleva capire tante cose, le stesse che le creavano tutta quella sofferenza. Perché? Perché se lui l' aveva così tanto insistentemente esortata a "scendere" come diceva lui, ora, pur sapendo del suo arrivo, l'aveva abbandonata lì a sé stessa??? Un'improvvisa folata di vento le schiaffeggiò il delicato viso appena appena imporporato di tremante emozione. Le lacrime quasi quasi le pungevano le quasi orientali palpebre delicate perfette com'erano ricamate di folte ciglia scure. A quella minima sensazione quasi ancora impercettibile le bloccò. Non era il tempo del pianto! Ma del capire! "NOOO!!!" ringhiò loro. Retrocessero sedutastante. Non l'avevano mai vista così.

Riavutasi dall'emozione si riequilibrò tornando alle sue riflessioni.

Lui...lui non poteva ignorarla così!

Proprio vicino a lei una coppia di fidanzati si era affiancata. Di certo nemmeno si erano accorti di lei presi com'erano dalla loro foga d'amore. Lei li guardò. Dapprima acida, l'invidia la colse. Si stupì. Non era da lei. Li riguardò. Quanto le arrivava l'amore di quei due...di certo com'erano persi l'uno nell'altra, nemmeno sapevano che pianeta abitassero. Subito dopo, una scarica di nostalgia l'attraversò obbligandola a distogliere lo sguardo da quei due. La voglia di piangere le risaliva nella gola. O cedeva o soffocava. Se la morsa non l'avesse mollata stavolta avrebbe optato per soffocare, cosa serviva continuare? Ma accadde una cosa strana. Un'altra…i giovani sparirono insieme al senso di soffocamento. Tutto era sparito. Anche il sole. Probabilmente era scivolato nella vorace gola del Tirreno per lasciare il posto alle tenebre che rivendicavano il loro turno. Ed infatti adesso…adesso era notte. Il cielo, immenso, si era nascosto sotto la coperta dell'oscurità. Solo le luci delle navi illuminava fiocamente il paesaggio. Quel profumo salmastro solo lì lo si poteva respirare ed era indimenticabile. Ti entrava dentro e ci rimaneva. Ci sarebbe rimasto per sempre…

E lì proprio lì tra quei muretti di roccia si scorgevano due giovani...

La donna strabuzzò gli occhi.

Incredula.

Guardò meglio, credendo di sbagliarsi.

Riprovò con maggior attenzione. Sbattè le incavate palpebre, le riaprì di scatto come per richiamarle al dovere ma i due innamorati erano ancora lì.

No.

Non i primi che l'avevano affiancata.

Quest'ultimi abbandonati sugli scogli di roccia lavica.

Non ci poteva credere…

Si riconobbe in quella giovane ragazza dalle curve morbide che, lunghi capelli corvino, ricoprivano oltre l'incavo della schiena…e riconobbe lui mentre la mangiava di baci…

Rabbrividì. Non era una visione quella. Un ricordo, dopo averla rincorsa, l'aveva braccata.

Se lo ricordava bene quel suo vissuto. Ma non così. Ricordava la pressione di lui sul suo corpo, mentre, insistente, premeva contro il suo di lei, insaziabile com'era…mentre lei faticava a tenere sotto controllo l'emozione. Era sempre così...stare con lui la emozionava sempre tanto. Troppo. Adesso invece vedeva.

Vedeva da fuori quella stessa scena ma non sentiva più nulla di tutta quella felicità.

"chissà perché?...perché nei ricordi la felicità svanisce o comunque si ridimensiona mentre il dolore rimane dolore, con la stessa potenza di quando ci coglie all'improvviso e ci fa sempre male uguale anzi peggio...scava scava...ci scava dentro" si chiese...

Il sole l'abbagliò.

Il flash-back l'abbandonò ma pur andandosene non aveva portato via tutto. Il senso di rimpianto per quella gioia perduta la tormentava ancora.

Si sforzò di trascinarsi appresso le gambe che, insolenti, erano reticenti.

A fatica riuscì a mettere un passo davanti all'altro.

Ma le gambe non allentavano quella presa. E perché? Perché sapevano la verità…sapevano che lei mentiva. Mentiva anche a sé stessa.

Spudoratamente.

Si raccontava, infatti, di godersi la vacanza fin troppo rimandata e guadagnata e che il fatto che lui non ci fosse, non ci fosse più non aveva proprio nessuna importanza.

Cercò di guardarsi intorno e di perdersi in quel cobalto che tutto avvolgeva.

Tutto tinto di uova di pettirosso non si distingueva nemmeno dove finisse il mare per lasciar iniziare il cielo. Ferma sorretta dai gomiti appoggiati a quel muretto si lasciò crollare "senza di lui nulla aveva né senso né gusto" ammise.

Si era arrestata così dopo aver posato il pesante bagaglio in terra.

Volgendo le spalle alla strada principale che, snodandosi, conduceva ai locali sul mare.

Così come si era abbandonata tra i palmi delle mani spalancati lasciò che la disperazione la colmasse. Solo cosi se ne sarebbe liberata, o almeno sarebbe riuscita a conviverci in futuro. Fin tanto che l'avrebbe respinta, questa iraconda, l'avrebbe tormentata. Ne era sicura. Tanto risposte non ne aveva e nemmeno spiegazioni. Non le restava che accettare quella realtà, quella dell'abbandono di lui. Prima lo avrebbe fatto e meno a lungo si sarebbe crogiolata in quel supplizio.

Esitò.

Molto.

Aveva una gran angoscia di non riuscire a sopportare tutto quel carico si frustrazione, dolore, delusione…che se lei gli avesse dato il via l'avrebbero travolta come una valanga, schiacciandola. E poi…e poi…non ci poteva credere. Ma come? Come poteva essere???? Tutti i loro sguardi, le loro carezze, i loro t.v.b. i loro baci ma dove? Dove??? Dov'erano mai spariti tutti???

Sussultò.

Un senso di sorpresa profonda le esplose dentro sentendosi abbracciare da dietro.

Non ebbe paura.

Conosceva bene il porto sicuro di quell'abbraccio.

Di scatto si voltò.

Ed il suo cuore lo sentì trasformarsi in un impetuoso fuoco d'artificio.

S'ingoiarono di baci inarrestabili tanto potenti da riuscire a spazzare via, in un colpo solo, tutto. Lottarono per staccarsi. Con fatica. Sembrava loro si spaccarsi una volta lontani.

«perché…perché eri sparito?» con i convulsi gli chiese.

Lui la guardò come solo lui sapeva fare, come nessuno riusciva.

Le prese il viso tra le mani l'intensità degl'occhi di lui la fece tremare poi rispose «perché…perché volevo cancellarti.»

Lei, allora, sgusciò via da lui, da quell'abbraccio forte.

Ferita «cancellarmi? » gli fece da eco.

Lui sbuffò. Era difficile, non sembrava. Anche lui si sentiva assomigliare quasi ad un mostro. Poi...arrestò il flusso di pensieri e riordinandosi mentalmente iniziò a parlarle «non sto più vivendo. Apro gli occhi e ti vedo dove non ci sei, ti sento dove non esisti, faccio l'amore con mia moglie immaginando di farlo con te, vado a prendere i miei figli a scuola, in palestra, li accompagno al cinema, al parco, li guardo giocare e penso che potrebbero essere stati i nostri...soffoco!»

Lei sentì le mani di lui che, nel parlarle l'avevano ritratta a sé, raggelarsi sudate. Capì che quella era la verità. Non sapeva che dire. Il senso di perdizione la sovrastò. Ogni parola sarebbe risuonata banale, di circostanza. Se lo tirò ancora più addosso e lo strinse forte, forte.

Lui la ricambiò e quell'abbraccio fece di loro un'unica entità.

Rimasero così.

Cullandosi.

Dondolandosi l'uno nell'altra.

Ignari di tutto…dei passanti che probabilmente li additavano, nulla importava loro.

«Sono contenta che tu sia qui, Vito» gli sussurrò dolcemente e lui, invece che grazie la strinse più forte. Significava "anche per me". Lei lo sapeva.

Dopo poco lui si staccò di colpo.

Se non lo avesse fatto così, repentinamente, non ci sarebbe mai riuscito.

Ci sarebbe potuto rimanere per l'eternità.

Lì.

Così.

Avvinghiato a lei da sembrare quasi un solo corpo.

Non poteva, però, starle lontana.

Le afferrò la mano.

Con forza le dischiuse le dita per intrecciarle alle proprie, possessivamente. Era sua!

Il bagaglio nell'altra mano ed iniziarono a passeggiare su quel lungo mare loro silente testimone di molti momenti felici.

I pensieri, quelli di entrambe, vorticavano deliranti in impazzite direzioni.

Quante cose avrebbero voluto fare, quante altre dire ma tutti e due rimanevano lì, immobili, paralizzati dall'emozione divorante che l'essere di nuovo insieme provocava loro.

Si sforzavano di rimanere in equilibrio, quasi vinti dalla paura di poter, inavvertitamente, rompere quell'incanto della loro miracolosa riconciliazione.

Si sentì il palmo stringere ad intermittenza da lui.

Lei si voltò interrogandolo con lo sguardo.

Lui colse la taciuta domanda e subito le chiese «a che pensi, amore?»

«a te!» subito gli rispose.

Di nuovo il silenzio divenne assordante tra loro.

I giorni a seguire furono travolgenti. Le escursioni irresistibilmente appassionanti investivano i due innamorati di un entusiasmo che solo insieme erano capaci di rievocare. Si sentivano come gli scolaretti di un tempo marachellosi ed insolenti, forti del fatto di essere insieme, si prendevano la libertà di beffarsi di quello stesso destino che la sera, al loro rientro, presentava loro il conto infliggendo quel castigo terribile, quello più temuto…lui se ne tornava alla sua famiglia e lei alla sua camera d'albergo.

Dopo tutto quella era la loro realtà.

Lui era della moglie che poteva tutto, poteva ridurlo in mille pezzi, metterlo in ginocchio patrimonialmente ed affettivamente ricattandolo con i figli.

Lei del delirio della malinconia.

E le ore…le ore quelle lontane non passavano mai…mai…mai…mai…mai…

Il sonno nemmeno quello arrivava e lei sempre più provata dall'attesa dell'aurora, spalancava la finestra nella notte, su quel mare che avvolto nel buio sembrava ancora più profondo, che tutto sapeva e tutto taceva e poi…e poi…alzava gli occhi a cielo e lo contemplava e subito, questo, come a volerla consolare, la colmava di un gran senso di pace.

"È lo stesso cielo, lo stesso suo e allora...allora...non siamo tanto irraggiungibili" pensava e, tutta sospirante, con questa riflessione, ogni santa notte, acciambellava le braccia sul davanzale "albeggerà!" s'incitava e lui sarà di nuovo mio.

Su quest'altalena trascorsero quelle giornate incandescenti.

Spaccati tra il fervore di vedersi ed il delirio del distacco.

L'aurora la baciò.

Era il quarto bacio che da lei riceveva, significava il penultimo.

La gola già cercò di soffocarla al quella considerazione appena appena affacciata.

Tossì.

Non era il caso di pensarci.

Non ora!

Andò in bagno e, sul freddo pavimento dinnanzi alla vasca da bagno, non si spogliò solo della lucida camicia da notte di raso nera ma anche del terrore del distacco.

"Almeno momentaneamente, non vincerai tu, vattene!" Gl'intimò.

Sapeva che era solo un prestito quello che aveva ottenuto e che il conto da saldare sarebbe stato ancora più salato per quell'affronto ma non le importava. Adesso Vito era suo. Solo quello importava.

S'immerse in profumata acqua del colore e dai profumi di rosa nella quale si dimenticò.

Ora era pronta per affrontare quella giornata.

La più difficile.

Sicuro.

Perché era l'ultima e poi…poi…

Il baratro.

Ma poi.

Adesso lui era ancora suo. Non aveva fatto che ripeterselo ma quel concetto continuava a sfuggirle, forse perché, sotto sotto, non le bastava…lei lo sapeva!

Quell'"*adesso*"...era una parola troppo breve le serviva l'"*infinito*" e nemmeno il "*per sempre*" per essere soddisfatta...

Comunque andassero le cose alla sorte lo avrebbe riconsegnato la mattina seguente.

Per nulla la mondo avrebbe anticipato quell'infausto momento.

Si vestì di tutto punto con l'abito più bello che aveva messo nella valigia pensando ai loro ultimi incontri, pensando a lui, a come l'avrebbe guardata avvinghiata com'era tra quei neri laccetti di raso che, stretti tra loro, le intrecciavano la nuda schiena. Il corpetto aderente le segnava le forme generose esaltandone la sua già spiccata femminilità.

Se lo conosceva bene, se lo conosceva ancora, se lui era rimasto quello di quattordici anni prima , quella vista l'avrebbe mandato in delirio. Lei...lei voleva solo essere irresistibile.

Le rosee labbra s'incresparono tutte tremanti attraversate com'erano state dal ricordo di quel suo di lui temperamento.

Poi un'ombra.

"Quattordici anni" pensò.

Era una follia.

Era un abisso.

Era stato un oblio…

Era stata costretta ad accettare quella verità capendo che il suo cuore era sempre rimasto lì, non l'aveva riportato con sé nel ritornare a casa, quei luoghi, lui glielo avevano sequestrato come pegno. Lei sarebbe dovuta tornare. Era il destino, il destino che si compiva.

Adesso, solo adesso ne aveva ripreso possesso e se lo risentiva martellare nel petto sì! Ma…per quanto? "Ancora poche ore" si disse "e poi lo riconsegnerò. Non riuscirò a portarlo a casa, me lo sento" sentenziò.

Il suono del clacson la strappò da quell'amara consapevolezza.

Di scatto presa la borsetta.

Sbattè veloce la porta.

L'angoscia dell'ormai imminente partenza non la doveva seguire.

NO.

Doveva rimanere intrappolata in quella camera d'albergo.

La vita che seguì li uccise per la fine dei loro giorni.

Promesse, quelle vere, quelle pronunciate dagli occhi e non dalle labbra, sguardi divoranti, la complicità nell'intendersi senza parlare, di formulare gli stessi pensieri erano tutte caratteristiche che loro possedevano eppure non potevano stare insieme...

Quel tutto, poi, amplificato da quei paesaggi d'incanto dove il cielo è talmente del colore del mare ed il mare di quello del cielo da divenire, amalgamandosi, un'unica distesa. Un po' come loro...un'unica entità. Non si potevano spiegare quei panorami, i suoni di quella città frenetica e tutta intenta ad inventarsi. Il profumo intenso dell'acqua carica di sale...

"Ahhh" sospirò, tra sé, lei "te lo lascio dolorosamente volentieri questo mio cuore. Anche se mi fa male, qui è al sicuro".

Confidò questo segreto al Vesuvio che sullo sfondo, imperioso, torreggiava quella vista tanto perfetta da sembrare una cartolina. Lei sapeva che a gettarla tra le braccia del tormento non sarebbe stato quel pegno ma la lontananza dal suo Vito…

«A che pensi, amore?» si sentì chiedere

«a te!» prontamente gli rispose come se nemmeno stesse pensando, in realtà, ad altro.

Ma stavolta il silenzio non arrivò.

Lui lo bloccò.

Parlò.

«Non sei curiosa di sapere dove sto correndo?» le disse rivolgendole uno sguardo vorace

«No. Sono con te. E questo mi basta e poi…» sospese

«e poi???!» la esortò lui

«e poi lo so già» un "*ridolino*" le sfuggì dalle labbra per andarsi a contagiare su quelle di lui che, di rimando, iniziò a sghignazzare.

Poi, ripreso fiato, le disse «ti amo»

«ti amo» gli fece da eco.

Il semaforo rosso scattò, complice.

E Vito infranse le regole di quella città così sorprendentemente speciale.

S'arrestò.

Aveva un buon motivo per farlo.

Si avventò su di lei con l'intento di rubarle un bacio che divenne, però, una cascata irrefrenabile arroventato dalla passione che tra i due scorreva che trasformò, quella decapottabile, per alcuni istanti, in un palcoscenico di cui tutti si ritrovarono spettatori.

La foga aveva raggiunto livelli tali da impedire ai due innamorati di udire lo scatenarsi di tutti i clacson. O almeno non li sentirono subito e, quando accade, non realizzarono se tutto quel baccano fosse dovuto al fatto che con semaforo verde non fossero ancora ripartiti, o se avevano suonato in segno di festa notando certi automobilisti sorridere alla coppia contagiati dalla loro allegria.

La strada sembrava interminabile eppure la spiaggia distava poco.

Non appena arrivarono in prossimità, abbandonarono la macchina per catapultarsi sul bagnasciuga.

Le parole faticavano ad uscire.

I cervelli erano in panne.

Entrambi.

Ipotizzavano.

Creavano anche frasi di senso compiuto che rimanevano, però, contrariamente al loro volere, intrappolate nelle loro meningi.

Ma quelle mani, quelle no, quelle di lui non erano in soggezione.

S'insinuavano sul corpo di lei in ogni dove. Quasi se a comandarle non fosse nemmeno lui ma una spinta che gli veniva da dentro, inarrestabile, reticente ad ogni richiamo se non a quello delle carni del corpo di lei.

Poi lei trafisse quel silenzio pesante «mi dispiace…non riesco nemmeno a parlare. L'emozione di averti vicino. Di nuovo. Dopo tutti questi anni mi sovrasta. È troppo per me. perdonami»

«perché? Perché non sei mai più tornata qui. Da me. Quattordici anni...»

«perché...perché anch'io, prima di te ho provato a cancellarti. Ma ho fallito. Non è stato vivere per davvero»

«già...»rimase sospeso, poi aggiunse «cosa hai fatto in tutto questo tempo?»

«non sprechiamo questi attimi preziosi parlando di questo, dai... A cosa servirebbe?»

«Avrai avuto degli uomini, le tue storie...»ipotizzò ma era furente, si vedeva da come gli s'imporporavano gli zigomi ad intermittenza.

Lei si arrestò.

Significava che era geloso.

Lei lo sapeva.

Lo baciò, dolcemente. Poi gli disse «ho amato sempre e solo te, credimi. Non sarei qui».

Lui la respinse, era nervoso «non sopporto nemmeno l'idea che un altro uomo ti sfiori»

«siamo grandi adesso, dimostriamo di esserlo»

«che significa! » la rimbeccò sospettoso

«significa che dobbiamo andare oltre le apparenze. Avevamo vent'anni. Eravamo bambini. Credevamo in cose oggi opinabili»

«tu avevi vent'anni e poi…poi mi stai dando il benservito?» s'irritò

«ma no! Noto, anche con piacere, che la tua irascibilità non ti ha abbandonato in tutti questi anni di distacco»

«senti! Non amo i giri di parole, lo sai…parla chiaro» gl'intimò

«quello che sto cercando di dirti è che eravamo innocenti, credevamo nel matrimonio, non ci saremmo mai immaginati un futuro come il nostro»

«io non me lo immagino ancora, infatti!» ribatté secco.

Si lasciò abbandonare con le spalle al capanno, le braccia incrociate e sguardo basso.

«Sei ancora arrabbiato con me perché non ti ho voluto sposare? Ti prego…passaci sopra. Non ero pronta, ci conoscevamo da quindici giorni quando me lo hai chiesto ed eri già promesso ad un'altra. Ho sbagliato, lo ammetto. Ma indietro non si torna».

A quelle parole, con lo scatto repentino di un felino infuriato, si avventò su di lei.

L'afferrò per le spalle e la sbattè, al posto suo, con le spalle contro la capanna «ma…che pensi? Che pensi???Dimmelo!» le ringhiò in faccia

«che penso di che?» cercò di capire lei

«quando mi sai con una donna che non amo, non ti fa né caldo né freddo a te??? Non sei gelosa! Non te ne importa nulla! Quando mi pensi con dei figli che nemmeno volevo, mi pensi? O nemmeno te ne ricordi???»

«cosa vuoi che pensi? Ho sbagliato! Io te l'ho detto e tu? E tu invece? Perché l'hai sposata i viene da chiederti. Se avevi capito che non potevi amarla. Ci conoscevamo da quindici giorni, avevo vent'uno anni "è un abbaglio!" avevo pensato, un'infatuazione! Che vuoi che ti dica? Ma anche io, allora, potrei dirti che potevi temporeggiare un po', continuavamo a frequentarci magari...ci saremmo capiti meglio...»

Lui avvampò.

Subito attaccò.

«Continuando a frequentarci? E come? Come???! Che tu ripartivi!»

«Dimentichi come mi hai tagliata fuori, che non mi volevi nemmeno più guardare? Cosa avrei dovuto fare? Ti ho corso dietro, te lo ricordi? Quella sera, ti ho bloccato sulla porta, almeno il tuo numero volevo. E tu nemmeno me lo volevi scrivere "è facile mi hai detto, te lo ricorderesti". Che altro dovevo fare? Se tu non volevi? Costringerti? Adesso ho capito quanto ti piaccia essere pregato! Non chiedi! Mai! Ma brami di essere rincorso.»

Sentì la morsa alle spalle allentarsi.

Di lì a pochi secondi e la liberò.

Era il segno della sua di lui resa.

Lei non voleva mortificarlo.

Odiava i rinfacciamenti ma, messa alle strette così, aveva sentito il bisogno di puntualizzare.

Riprese a parlare sperando di riuscire a stemperare la spinosa situazione che si era creata.

«Senti Vito adesso siamo qui. Guardami!» lo scrollò perché questo le resisteva.

«Guardami!»

Gli occhi bosco di lui trafissero i suoi di tenebra.

Tremarono entrambi.

Poi lei, subito, emozionata ma ferma riprese a parlare «siamo qui dicevo, ci vedi? Perché rovinare questi istanti sacri recriminando? Ma che senso avrebbe??? Pensaci! Il passato nessuno lo può cambiare. Il passato può solo insegnarci a non sbagliare più, non lo dobbiamo guardare con odio. Io ti amo. Mi hai sentita??? TI AMO!»

«Ti amo anch'io»

«e allora guardiamo avanti. Avanti!»

Si strinsero da mozzare il fiato.

Si tormentarono di carezze ma non quanto avrebbero voluto perché erano troppe quelle in arretrato. Poi lei, insinuandosi nell'incavo del collo di lui, dopo averci appoggiato un bacio, bisbigliò «una volta credevamo che il matrimonio fosse solo amore. Adesso sappiamo che non è così. Ci sono tanti tipi di matrimonio e non serve una firma per amarsi. Io ti amo» gli ripeté.

I baci che seguirono sciolsero quei blocchi emotivi che, cristallizzandosi in tutti quegli anni di rimurginamenti, erano ad un passo dal paralizzarli.

Rimasero su quella spiaggia per tutto il giorno rotolandosi tra terra e mare ed effusioni roventi. Più scendeva la sera e più l'odore della morte si faceva respirare.

In preda al delirio dell'abbandono lo vide estrarre il cellulare dalle tasche.

Lo vide mentire e sussultò.

Conosceva bene lo spiccato senso del dovere di Vito e non avrebbe mai creduto che si sarebbe spinto a tanto.

Esultò.

Si vergognò.

Non era giusto.

Dispiacendosi...esultò ancora. Poi gli disse «che hai fatto?»

Lui la trapassò ancora con i brillanti occhi verde muschio, poi le disse «quello che anni fa non avrei mai osato. Sai che sono un perbenista. Ma non ti lascerò. Non ti renderò al destino prima del tempo. Non stavolta! Dio mi capirà. Mi perdonerà. Io ti amo! Quanto ti amo!!! Vieni. Ho un posto da mostrarti.»

E dopo averla temuta ancora più stretta e baciata, la prese per mano per condurla in quel sogno che avrebbe preceduto il loro addio.

Il treno, appena partito, già le sembrava corresse troppo.

I paesaggi, quei paesaggi che le scorrevano davanti la infilzavano di lancinanti malinconie.

"Tornerò, tornerò tornerò presto" si ripeteva per rincuorarsi.

E il treno tirava tirava tirava sempre più forte, sempre di più.

Il cuore di lei soffriva.

Si contorceva.

Ma resistiva.

Resisteva.

Resisteva sempre meno, sempre meno.

La distanza ormai era significativa e di favole ce n'erano ben poche da raccontarsi.

Ed il cuore non sopportò.

Non sopportò più.

Provò, ci provò ancora.

Si contorceva in preda ai tormenti, arroventato dalle fiamme della passione. La stessa che lo aveva travolto di passione ora lo sacrificava a quell'amore impossibile.

Inghiottito nella gola inferocita della passione per non spaccarsi si staccò.

Un buco nel petto lasciò.

Sussultò.

"Cos'è?" pensò.

Il suono del campanello la ricatapultò al presente.

No.

Non quello del capo stazione no.

Era il campanello di casa sua. L'antico pendolo barocco che torreggiava nel corridoio d'entrata segnava le undici.

Il campanello suonò di nuovo.

Il presente la venne a pigliare.

La macchia l'aveva sbalzata fuori da sé. Ora era di nuovo nella sua quotidianità e non più nel sogno.

"Ah si!" capì "il postino come ogni mattina a quest'ora" realizzò.

Corse ad aprire.

Solo poi si accorse, passando davanti lo specchio, della maglietta sporca.

Velocemente se la levò.

Tornò verso lo sciacquatoio decisa a ripulirsi. Frizionò energicamente ma la macchia era ostinata.

Lei lo era di più.

S'incaponì.

La tormentò finchè questa iniziò iniziò prima a scolorirsi poi ad iniziare a scomparire anche se, ne rimaneva un alone a guardar bene.

Sollevò la maglietta per osservarla in controluce.

Zuppa com'era sembrava un macigno di pesantezza.

"Siiii !!!!!" si complimentò "è sparita!" constatò.

Ma subito dopo un ombra le spense l'entusiasmo. Una consapevolezza di filo spinato si fece largo in lei.

Fissò la sua immagine riflessa.

Si sentì una stupida nel capire che non era la maglietta a voler smacchiare la ma sua anima.

Sbuffò. Si sentì mettere ko. La realtà era schiacciante. A nulla avrebbe servito fuggire. Stare lontano da lui. Alla fine si arrese…

"E va bene. Va bene…il cuore già ce l'ho lasciato in pegno. È la giù che aspetta che vada a riprendermelo anche se so che finchè io ritornerò a casa, mai mi seguirà qui. Ma la mia anima no, non voglio ipotecare anche quella…hai vinto destino! Ripartirò presto. Ritornerò dove mi chiama il mio amore.

Finito di stampare nel mese di Luglio 2015
per conto di Youcanprint *Self-Publishing*

www.ingramcontent.com/pod-product-compliance
Lightning Source LLC
Chambersburg PA
CBHW071223130626
46555CB00004B/1818